Katja Behrens
Jonas
Pfaffenweiler Literatur 11

KATJA BEHRENS
JONAS

ERZÄHLUNGEN

OFFSETLITHOS VON
HALLVEIG TETTENBORN

PFAFFENWEILER PRESSE

Jonas Achtundsiebzig

Langweilte sich, machte den Mund auf, hauchte Worte aus, ließ Worte losfliegen, einen ganzen Schwarm, der sich schwingen-schlagend entfernte, einem Ziel entgegen, das sie selber nicht kannten, verließen die ersten Wörter die Höhle, um langsam in der Bläue zu verschwinden. Schaute dem gleichmäßigen Auf und Ab der Schwingen nach und fand Gefallen an dem Spiel und öffnete wieder und wieder den Mund und ließ einen Schwarm nach dem anderen hinaus und machte sich ein Volk von Wörtern und fand es unterhaltsam, damit zu spielen, mit den buntgefiederten

Wörtern, mit den Zahmen und Zutraulichen, unbeschwert und ganz ohne Scheu, ließ sich am lustigsten spielen, besser als mit den Trägen und Drögen, den Tumben und Plumpen, die es liebten, geduckt im Gebüsch zu hocken. Grabschte mal nach den Erhabenen, die hoch oben für sich allein ihre Kreise zogen, belauerte dann wieder geduldig die kleinen Grauen, die sich so hübsch anzupassen wußten und gar nicht einfach zu fassen waren, lockte die Schämigen, erschreckte die Schamlosen, scheuchte die Betulichen und genoß das Kitzeln, wenn die Förmlichen, die Spröden, die unnahbar Stolzen auf der ausgestreckten Hand spazieren gingen. Langweilte sich nicht mehr.

Herrschte mit Lust über das Volk von Wörtern. Wachte mit Eifer darüber, daß ein jedes an dem ihm zugedachten Platz blieb. Züchtigte mit Strenge, wenn eines aus der Reihe tanzte. Dennoch brachen immer wieder Unruhen aus. Es war immer das gleiche, es waren immer die gleichen, die nie zufrieden waren, die rebellisch wurden, Unruhe stifteten. Immer wieder galt es, maßlose, übermütige Wörter in ihre Schranken zu weisen, rechtzeitig. Kam nicht mehr zur Ruhe. Mußte Augen und Ohren haben überall. Hatten sich die Unruhestifter, alt und müde geworden, endlich verbraucht, waren schon neue herangewachsen, die neue Unruhe schürten und alte Fragen stellten. Immer die gleichen, die sich nicht fügen konnten, die unbotmäßig wurden, gemaßregelt werden mußten, worauf sie sich wohl eine Weile still verhielten, aber nur, um irgendwann von neuem aufzumucken. Wurde es endlich müde, alles allein zu machen. Brauchte Gehilfen, die Unruhigen in Schach zu halten.

Berief im Jahre Achtundsiebzig einen, der hieß Jonas, und sagte zu dem: „Zu lange habe ich schon mit angesehen, wie das Wort Sehnsucht mein Volk verdirbt, eigensinnig seine Türme baut, mitten in meine Landschaften hinein trotzige Türme setzt, himmelhohe, darin sich Träume zusammenrotten und ungesunde Feste feiern. Ist ihnen in einem nicht mehr wohl,

ziehen sie aus und stellen woanders einen neuen hin. Das Land ist schon übersät von unbehausten Türmen, die langsam verfallen, überall stehen Ruinen, verlassene, und sie bauen immer wieder neue, einen höher als den anderen. Sehnsucht hat mein Volk verwirrt. Geh du hin und sage allen, daß Sehnsucht ein Übel ist und ein Laster, und daß sie die Türme einreißen sollen. Sie sollen sie dem Erdboden gleichmachen, daß man nicht mehr weiß, wo sie standen, daß keine Spur mehr bleibt und nichts mehr an sie erinnert und alles so wird wie vorher. Dem Wort Sehnsucht aber sollen sie ein Gefängnis bauen, darin ich es aushungern will."

Jonas, der nicht zu widersprechen wagte, obwohl es ihm leid war um das Wort Sehnsucht, das er selber wohl kannte, Jonas wußte keinen anderen Ausweg als zu fliehen und entfloh auf einem Schiff, das ihn weit weg bringen sollte, fort aus dem Reich der Wörter, fort von dem, der wollte, daß er Sehnsucht anschwärze.

Sah, wie Jonas fortstrebte, sah, wie Jonas sich eilig einschiffte, und lachte. Lachte über Jonas, der meinte, davonlaufen zu können. Vergaß den Zorn über das unbotmäßige Wort, war so vertieft in das neue Spiel mit Jonas. Schickte Jonas in einem Wind das Wort Angst nach. Aber Jonas schlief und war nicht da, als das Wort Angst über das Schiff kam, und alle außer

Jonas stürzten an Deck und klammerten sich an, wo sie konnten, und das Schiff schwankte, und ein jeder fürchtete um sein eigenes Leben, und ringsum war nichts als schwarzes Wasser, und das Schiff schwankte, und jeder wollte nur noch ein einziges Mal davonkommen, wollte nicht fallen, allein in den Ozean, und sie schrien gemeinsam und fürchteten sich ein jeder für sich und wollten alle leben und nie mehr und in Zukunft nur noch und suchten gemeinsam nach einem, der schuld wäre an ihrer Not, und es war nur einer nicht unter ihnen, nur einer, der ihre Angst nicht teilte, und das war Jonas, der noch immer schlief. Dieser muß es sein, sagten sie, gingen hin zu Jonas und weckten ihn

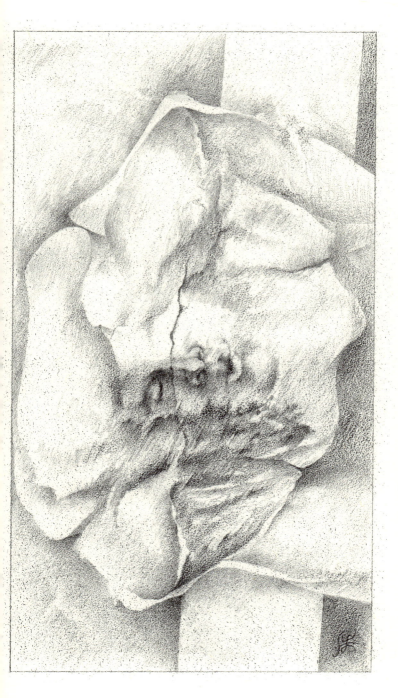

auf und sagten, du bist schuld an
der Angst, die über uns gekommen ist in dem Wind aus heiterem
Himmel und fragten ihn, wer er
sei und woher er komme, und Jonas antwortete, er komme aus dem
Reich der Wörter und sei geflo-
hen, um Sehnsucht nicht verraten,
ihre Türme nicht einreißen zu
müssen. Da sagten sie, Aha, sagten
sie, das wußten wir doch, und war-
fen Jonas in den Ozean.

Brauchte Jonas aber noch und
schickte ihm deshalb das Wort
Zweifel, damit es ihn verschlucke,
und so wurde Jonas gerettet vor
den Wassern, geriet aber in den
Bauch des Wortes Zweifel, darin
es dunkel war, so daß Jonas nicht
wußte, wo er war, nur spürte, daß
er hierhin und dorthin getragen

wurde, aber nicht wußte, wohin er getragen wurde, und zu welchem Zweck und wer all das mit ihm tat. Drei Tage und drei Nächte verbrachte Jonas im Bauch des Wortes Zweifel, ohne den Unterschied zu merken zwischen Tag und Nacht, zwischen Stunde und Stunde, und bald schon wußte er nicht mehr, wie lange er darinnen war, und endlich hoffte er nicht mehr, jemals hinauszukommen, ververzweifelte in seiner schwankenden Dunkelheit, verfluchte das Wort Sehnsucht, um dessenwillen er solches Leid auf sich genommen hatte, und beugte sich.
Wußte, daß Jonas nun gefügig war und befahl dem Wort Zweifel, Jonas auszuspeien, daß er an Land geworfen werde, um seine Pflicht

zu tun. Und diesmal ging Jonas hin
und schwärzte die Sehnsucht an,
daß sie gefangengenommen wurde, und ließ ein Gefängnis für sie
bauen außerhalb der Stadt, damit
sie kein Unheil mehr anrichte, und
ließ die heimlichen Türme schlei-
fen und die Steine, aus denen sie
gemacht waren, vergraben, daß
nichts mehr davon zu sehen war.
Da lag die Landschaft wieder so
unberührt wie zu der Zeit, bevor
die Sehnsucht aufsässig geworden
war, nichts erinnerte an das Wort,
das nicht mehr ausgesprochen
wurde.
Sah befriedigt, daß wieder Ruhe
und Ordnung herrschten. Wollte
nun wie vorher mit dem Wörter-
völkchen spielen, dem buntgefiederten, dem vielfältigen,

vielförmigen, vielgesichtigen.
Aber obwohl die Zahmen noch
zahm, die Förmlichen noch förm-
lich und die Schamlosen so scham-
los wie eh und je waren, gab es
plötzlich keinen Unterschied
mehr zwischen den Zahmen, den
Förmlichen und den Schamlosen,
sie waren alle gleich langweilig,
nicht daß sie widerspenstig gewesen wären, kein Wort tanzte aus
der Reihe, sie waren alle an ihrem
Platz, die Fettleibigen waren nicht
dünner geworden, die Protzigen
nicht bescheidener, die Unschein-
baren nicht auffallender, und doch
waren sie alle gleich ausgestorben,
gleich verwaist, gleich leer.
Hatte keine Freude mehr an die-
sem trostlos willfährigen Volk.
Fand keinen Gefallen mehr an

dem alten Spiel. Fühlte Überdruß. Fühlte Leere. Langweilte sich wieder.

Rief Jonas zu sich, mißgelaunt. Befragte ihn streng, ob das Wort Sehnsucht sich gebessert habe. Ob es bußfertig sei. Ob es versprechen würde, in Zukunft keine Türme mehr zu bauen. Hörte unbewegt die Antwort, Sehnsucht sei abgemagert, zerknirscht und reumütig. Befahl milde, das Wort Sehnsucht freizulassen. Denn wollte wieder unbeschwert spielen können.

Es freuten sich die Wörter, es lächelten die Förmlichen verstohlen in sich hinein, die Dickwänste jubelten, und selbst die zahmen Täubchen wurden übermütig, nur Jonas ging allein aus der Stadt, ging mit gesenktem Kopf, wollte mit

keinem reden, so schämte er sich,
saß vor der Stadt und sah zu Boden
und malte mit einem Stöckchen
Kreise in den Sand, ließ sich die
Sonne auf den bloßen Kopf schei-
nen und wollte von niemandem
gesehen werden und saß in der
Hitze, als ob er nicht da wäre und
malte Kreise in den Sand und wollte sich nicht erinnern noch an die
Zukunft denken und dachte doch
daran, daß Sehnsucht nun wieder
frei sei, und wollte draußen vor der
Stadt sitzen bleiben, dem befreiten
Wort nicht begegnen, versuchte,
sich zu erinnern, wo die Türme
gestanden hatten und wo die Steine vergraben waren, konnte sich
aber nicht mehr erinnern, brachte
alles durcheinander, konnte sich
nicht mehr erinnern, erinnerte

sich nur noch an das Schwanken
im dunklen Bauch des Wortes
Zweifel und malte Kreise in den
Sand mit seinem Stöckchen und
wollte nie mehr in die Stadt zu-
rückgehen und fühlte, wie die
Sonne ihm den Kopf verbrannte
und fühlte Groll und fühlte Bit-
terkeit und hörte auf, Kreise zu
malen und fing an zu denken.
Sah besorgt, daß Jonas abzufallen
drohte. Beeilte sich, seine süße-
sten Wortengelchen auszusen-
den, daß die Schatten ihrer Flü-
gel auf Jonas fielen, ihn vor der
Sonne zu schützen und dankbar
zu stimmen. Jonas aber wollte
nicht dankbar sein, wollte nach-
denken, und je länger er nachdach-
te, umso zorniger wurde er und
stand endlich auf und sammelte

Steine zusammen und warf mit
den Steinen nach den Wortengelchen, daß sie sich verflüchtigten,
worauf Jonas noch mehr Steine
suchte und einen Turm daraus
baute und sich darin verschanzte
und häuslich einrichtete, so gut es
ging, um nachzudenken und sich
zu erinnern, wie das war, bevor er
in den Bauch desWortes Zweifel
geriet.

Der große Hunger
der Serafina

Er ist weg, und sie schweigt sich aus. Es gehn Gerüchte um, und die Polizei war auch schon bei ihr, aber anscheinend können sie ihr nichts nachweisen. Vielleicht hat er sich ja wirklich einfach davongemacht wie einst ihr Vater, als offenbar wurde, was für ein gefräßiges Balg ihm sein kraftloses, kränkliches Weib beschert hatte. Aber man glaubt das nicht. Man glaubt anderes.

Seitdem er weg ist, hat sie die Blumen in den Kästen verdorren lassen und ihr Haar nicht mehr gekämmt. Von weitem sieht es so aus, als ob ihr lauter rote Schlangen

aus dem Kopf herauswachsen. Den ganzen Tag lauert sie mit verkniffenem Mund im Fenster, den fetten Busen auf den Armen und die fetten Arme auf dem Samtkissen ihrer seligen Mutter.

Seitdem er weg ist, redet sie nicht mehr. Das ist etwas ganz Neues, eine stumme Serafina. Man war gewöhnt an sie, von Kindheit an war man an sie und ihren Hunger gewöhnt. Und wie die Kinder von heute hat man selber als Kind der Serafina nachgerufen: „Hast du Hunger, Serafina? Serafina, hast du Hunger?" Damals hat man ihr das Schulbrot geschenkt, und wenn sie einen mit ihrem gierigen Blick verfolgte, ließ man sie gerne ein wenig zappeln und gab ihr das Brot erst auf dem Heimweg. Oder

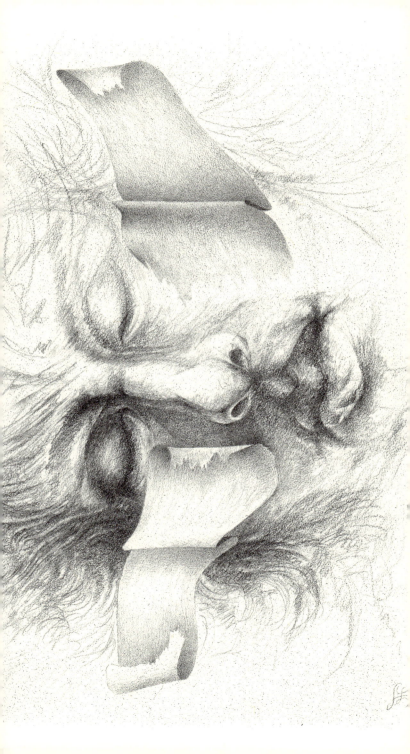

man legte es auf ein Mäuerchen des Schulhofs und beobachtete, hinter einem Baum versteckt, wie sie zögerte, sich umsah, mit sich kämpfte, wobei der Ausgang nie sicher war – es kam vor, daß sie es liegenließ. Manchmal aß man das Brot auch selber und tat entweder so, als bemerkte man die Serafina nicht, oder starrte ihr beim Kauen so lange in die Augen, bis sie den Blick senkte.

Daran muß man sich erst gewöhnen, daß die Serafina nichts mehr sagt und nichts mehr will. Als Hausfrau war man nie sicher vor ihr. Wenn man morgens einkaufen ging, wußte man nie, ob man nicht der Serafina in die Arme laufen würde, die, von ihrem Hunger getrieben, durch den Ort irrte.

Hatte sie einen erwischt, wurde man sie nicht mehr los. Sie lief schnaufend neben einem her und schwatzte von ihrem Hunger, und war man bei sich zu Hause angekommen, wußte sie es meistens so einzurichten, daß man sie wohl oder übel hereinließ. Dann quetschte sie sich erwartungsvoll auf die für ihren gewaltigen Hintern viel zu schmale Küchenbank, schaufelte mit nach innen gekehrtem Blick in sich hinein, was man ihr aufgetischt hatte, und lobte die Köchin. Aber das hatte nicht viel zu sagen, weil sie gar nicht merkte, was sie aß.

Seitdem er weg ist, hat sie nichts mehr angenommen. Die Antonsche, die immer noch für zwei kocht, obwohl ihr Alter nun schon

so lange unter der Erde ist, weiß
nicht mehr, was sie mit ihrem Essen machen soll. Früher konnte sie
sich die Serafina holen, brauchte nicht allein am Tisch zu sitzen
und hatte obendrein ein gutes
Werk getan. Und die Waltersche
und die Rudolfsche und die Konradsche, die keine Hühner haben,
brauchten sich nicht zu versündi-
gen – sie trugen ihre Essensreste
zur Serafina, die um die Mittagszeit immer wartend auf der Bank
vor ihrem Haus saß, die Töpfe mit
würdevollem Nicken entgegennahm, aß, sich den Mund wischte
und mit eintöniger Stimme von
ihrem Hunger zu reden begann.
Es gab niemanden im Ort, der Se-
rafinas Hungerlied nicht kannte.
„Immer dieser Hunger, wenn ich

nur wüßte, warum ich solchen Hunger hab, niemand kann sich vorstellen, wie das ist, immer dieser gräßliche Hunger. Einmal möchte ich nicht ans Essen denken müssen, einen ganzen Tag lang meine Ruhe haben, ich möchte in der Sonne sitzen und die Vögel singen hören und nicht ans Essen denken müssen." Nachdem sie sich darüber verbreitet hatte, wie sehr sie litt, wenn ein voller Teller sich leerte, und wie sie immer schneller essen mußte, immer schneller, und wie über alle Maßen wütend der Hunger erst wurde, wenn der Teller sich endlich geleert hatte, fügte sie einsichtig hinzu: „Das ist doch nicht normal. Das kann kein echter Hunger sein. Ich esse doch mehr als genug. Viel

mehr als andere Leute. Ich versteh das nicht."

Und nach einem Schweigen, während dem sie trübselig in sich hineingehorcht hatte: „Ich hab schon wieder Hunger." Wenn sie so weit gekommen war, verdrehte Serafina die Augen zum Himmel und holte tief Luft. „Ich möchte einmal satt sein. Einmal möchte ich satt durch die Welt gehn." An dieser Stelle, und nur an dieser, wechselte Serafina die Tonlage, und ihre Stimme bekam etwas lächerlich Verschwörerisches, als erzählte sie von verbotenen Dingen. „Es ist nicht so, als ob ich nie satt gewesen wäre." Aber immer lag die Zeit, in der sie satt gewesen war, weit zurück, so weit, daß sie nur eine dunkle Erinnerung daran

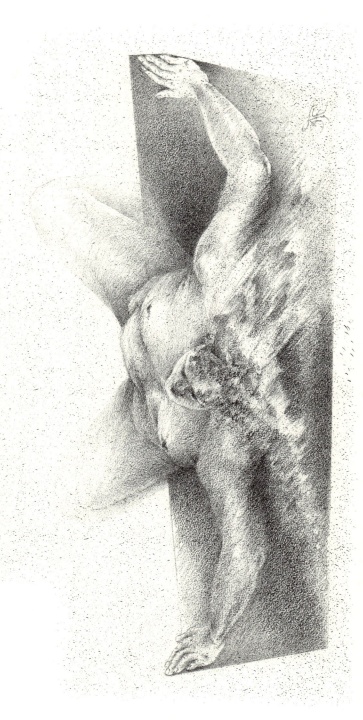

bewahrte, die vielleicht nicht einmal ihre eigene, sondern eine überlieferte war.

Als er im Ort auftauchte, war es gerade besonders schlimm mit ihr. Es hielt sie selbst mittags nicht mehr auf ihrer Bank, sie konnte nicht warten, zog ruhelos umher und belästigte jeden. Er hieß Benjamin und war ein lieber Junge, einer von denen, die man unwillkürlich in den Arm nehmen möchte, und es dauerte nicht lange, da nannte jeder ihn nur noch Ben. Er war auch ein schöner Mensch, nicht groß, aber schlank und sehnig und mit fragenden braunen Augen. Ein bißchen still, doch das machte ihn nur um so anziehender, und was besonders gefiel, war die Schüchternheit, mit

der er sich das Haar zurückstrich,
wenn er verlegen war.

Es muß einige Wochen nach seiner Ankunft gewesen sein, als Serafina ruhiger wurde, nicht mehr
durch die Straßen trieb, sondern
auf ihrer Bank saß, das Gesicht in
die Sonne hielt und sich ab und zu
mit dem nackten Fuß die schwab-
belnde Wade kratzte. Dafür stand
plötzlich jeden Morgen in fahriger
Schrift auf Häuserwänden und
Mauern ICH HABE HUNGER.
Immer wieder überpinselt, immer
wieder neu geschrieben, bis der
Bürgermeister persönlich mit Serafina redete. Die Schmierereien
hörten auf. Dafür nahm sie eines
Sonntags auf dem Marktplatz, als
die Leute gerade aus der Kirche
kamen, ihren Rock zwischen die

Zähne, griff nach dem untersten Ast der alten Eiche, schwang sich hinauf und stieg so geschwind und behende, daß man seinen Augen nicht traute, von Ast zu Ast, wobei alles an ihr waberte und wogte, höher und höher bis zur Mitte des Baumes, wo sie, vom Laub halbverdeckt, einen Augenblick verschnaufte und zur Krone hochschaute. Dann kletterte sie weiter, bis sie ganz oben war und so klein, daß man sie kaum mehr erkennen konnte.

Der ganze Ort versammelte sich. Aus allen Straßen kamen die Leute herbeigerannt und drängelten sich unter dem Baum und zeigten mit den Fingern nach oben, wo die Serafina auf einem sich biegenden Ast stand und HUNGER schrie,

gar nicht mehr klagend und nicht
mit ihrer vertrauten schleppenden
Stimme, sondern fordernd und
ausdauernd und ausgesprochen
unverschämt, HUNGER HUN-
GER, so lange, bis ihre Stimme
schwächer wurde und ihre heise-
ren Schreie sich anhörten, als hätte
eine junge Katze sich im Baum
verstiegen. Dann ein Rascheln und
Knacken, Zweige bogen sich und
brachen, die Serafina hatte sich an
den Abstieg gemacht, man sah sie
mühsam Halt suchen, von Ast zu
Ast unsicherer, die alte schwerfäl-
lige, schnaufende Serafina, und als
sie fast unten war, glitt sie ab und
stürzte, rappelte sich aber gleich
wieder auf und ging davon, ohne
jemanden anzusehen. Die Leute
machten ihr schweigend Platz,

und dann lachten alle auf einmal
los, lachten der Serafina hinterher,
die sich leicht hinkend entfernte.
Man begreift heute genausowenig
wie damals, warum Ben ihr nach-
ging. Vielleicht hatte er Mitleid
mit ihr, weil er ein Fremder war
und sie nicht wie wir kannte. Je-
denfalls bahnte er sich einen Weg
durch die Menge und eilte ihr
nach, und als er sie eingeholt hatte,
berührte er vorsichtig ihren Arm.
Sie schüttelte ihn wütend ab und
ging schneller. Er blieb einen Augenblick unschlüssig stehen, dann
folgte er ihr.
Von da an sah man ihn oft um ihr
Haus herumstreichen. Erst fiel es
nur den Mädchen auf, die in ihn
verliebt waren, dann merkte jeder,
daß er ihre Nähe suchte. Man ver-

stand das nicht, nahm an, er sei ein bißchen verrückt, hatte aber Nachsicht mit ihm und nutzte die Gelegenheit, Serafina aufzuziehen. Manch einer machte sich einen Spaß daraus, zu ihr zu gehen, ihr von Bens Liebe zu reden und ihr so lange zuzusetzen, bis sie die Hände vors Gesicht schlug und ins Haus flüchtete oder eitel lachte und kokett die Achseln zuckte, je nachdem, wie ihr Besucher es anstellte. Einmal fing sie an zu keifen und zu kreischen, so wild und böse, daß man fürchtete, sie könnte gefährlich werden, sie in Ruhe ließ und aus der Ferne beobachtete.

Eines Tages erschien Ben mit Werkzeug und Latten, während sie gerade auf der Bank vor ihrem Haus saß. Er sagte etwas zu ihr,

man sah sie nicken, und er packte
sein Werkzeug aus und machte
sich daran, ihren verfallenen Gar-
tenzaun zu richten. Den ganzen
Nachmittag sägte und hämmerte
er, und am nächsten Tag kam er,
um den Zaun zu streichen. Man
hörte die beiden nicht miteinan-
der reden, er tat so, als hätte er
nur Augen für seine Arbeit, sie saß
still und schaute vor sich hin. Da-
nach ließ er sich eine Zeitlang
nicht blicken, und als er wieder
auftauchte, hatte er eine Scheibe
unter dem Arm, die er anstelle der
zerbrochenen in ihrer Eingang-
stür einsetzte – man fragte sich,
wann er die ausgemessen hatte,
denn sie paßte genau – und am Tag
darauf kam er wieder, um die Tür
zu streichen. Als es Herbst wurde,

grub er ihr den Garten um, und sie saß auf ihrer Bank, schaute vor sich hin und tat noch immer so, als ginge sie das alles nichts an. Aber die Hunger-Arien hörten auf, und es kam immer häufiger vor, daß sie, wenn jemand ihr Reste brachte, den Topf gleichgültig entgegennahm und beiseite stellte. Ihre Wohltäterinnen fühlten sich vor den Kopf gestoßen – sie schien das nicht zu merken. Die Waltersche, die Konradsche, die Rudolfsche, alle ratschten und tratschten über die Hochnäsige, die Undankbare – Serafina kümmerte sich nicht darum. Man zog sich von ihr zurück – Serafina schien auch das nicht zu merken. Wie eingeschlafen ging sie durch den Ort oder schaute stundenlang aus dem Fenster, als

horche sie auf etwas, das nur sie
und niemand anders hören konnte, und einmal sah man sie im Re-
gen draußen auf ihrer Bank sitzen,
sie hatte die Augen geschlossen,
und die Tropfen rannen ihr über
das Gesicht.

Eine Zeitlang gaben sie sich Mühe,
es geheimzuhalten, und man mußte schon genau aufpassen und lange aufbleiben, wenn man sehen
wollte, wie er zu ihr schlich. Na-
türlich sprach es sich schnell her-
um, und dem armen Ben ging es
schlecht. Im Wirtshaus klopften
die Männer ihm auf die Schulter
und sagten, er solle bloß aufpassen,
daß er sich nicht verirre in der
Höhle der Serafina, am Ende müß-
ten sie ihm noch einen Suchtrupp
nachschicken. Aber manch einer

wurde jetzt still, wenn die Serafina vorbeiging, und sah ihr geistesabwesend nach, und es gab sogar welche, die offen erklärten, sie würden sich auch gerne mal zwischen den Brüsten der Serafina verkriechen.

Als die beiden einsahen, daß man sowieso Bescheid wußte, gingen sie eines Abends Arm in Arm durchs Dorf, Serafina in Stöckelschuhen, wacklig aber feist-selig, Ben still wie immer.

Man zog sich auch von Ben zurück. Es mißfiel, wie ergeben er der Hexe der Schamlosen war und wie vertrotzt er durch den Ort lief. Man war sich einig, daß das nicht gutgehen würde, man brauchte nur abzuwarten. Es kam der Winter, und es wurde langweilig – immer nur die Serafina und Ben. Man wandte sich anderen Dingen zu, nahm erst wieder Anteil, als es Zeichen gab, daß die Seligkeit ihrem Ende zuging. Man brauchte nur zu sehen, mit welcher Ungeduld er es ertrug, wenn sie mit ihren aufgedunsenen Händen einen unsichtbaren Fussel von seinem Kragen entfernte, und man wußte Bescheid. Serafin tat, als ob sie nichts merkte, aber sie fing wieder an zu fressen, zuerst noch mit Zurückhaltung, tauchte wie zufällig zur Mittagszeit bei der Antonschen auf, hielt einen scheinheiligen Schwatz mit der Walterschen, der Rudolfschen, der Konradschen, und als der Frühling kam, saß sie wieder auf ihrer Bank und nahm entgegen, was man ihr brachte, als

ob nichts gewesen wäre. Man hatte Mitleid mit Ben und gab ihm gute Ratschläge, die er sich anhörte, ohne ein Wort zu sagen. Und während er immer stiller wurde, fing sie an, altbekannte Teile ihres Hungerliedes herunterzuleiern, und während seine Stimme immer leiser wurde, nahm die ihre wieder das Heiser-Schrille früherer Zeiten an. Ein paarmal hörte man sie noch kreischen, mit Pausen dazwischen, in denen er wohl etwas sagte. Seither ist ein Schweigen im Haus der Serafina, mit dem niemand etwas zu tun haben will.

INHALT

Katja Behrens, 1942 in Berlin geboren. Von 1960 bis 1973 Übersetzun-
gen aus dem Amerikanischen. 1973
bis 1978 Verlagslektorin. Seit 1978
freie Schriftstellerin. Katja Behrens
lebt in Allmendfeld.

Hallveig Tettenborn, geboren 1942 in Warnow/Wollin (Kreis Usedom), Ausbildung an der Werkkunstschule Wiesbaden (Grafik/Illustration). Mehrere Jahre freiberufliche Tätigkeit (Zeichnung, Druckgrafik). Teilnahme an Gruppenausstellungen. Studium der Pädagogik in Frankfurt/Main. Lebt in Frankfurt/Main als wissenschaftlich-künstlerische Mitarbeiterin.

Erstausgabe
Die ersten zweihundert Exemplare
dieser Ausgabe sind numeriert
und von Katja Behrens und
Hallveig Tettenborn signiert.
Die Offsetlithographien hat
Hallveig Tettenborn eigens
für diesen Band gezeichnet.
Gesetzt in der 14 Punkt Bembo
von LibroSatz, Kriftel
Druck Rolf Dettling, Pforzheim
Bindearbeiten Emil Weiland, Karlsruhe
Für den Druck wurde ein
Werkdruckpapier der Firma
Scheufelen, Oberlenningen, verwendet.
Alle Rechte vorbehalten
Copyright 1981 by Pfaffenweiler Presse
Mittlere Straße 23
D-7801 Pfaffenweiler
ISBN 3-921365-40-6/3-921365-41-4

Pfaffenweiler
Presse

Dieses Exemplar
trägt die Nummer: *168*

Katja Behrens

Hallweg Tettenborn